POÈME SOCIAL

LE TRAVAIL

ET

LE MONOPOLE

DIALOGUE

Par **GARNIER** Barthélemy

L'homme en naissant contracte un lien,
Lien sublime et admirable ;
C'est d'être un jour bon citoyen,
Sincère, juste et raisonnable.
La mutualité soutient
Celui que le malheur accable,
Modifiant le lien, le mien
Pour nous si préjudiciable.
Le travail, auteur de tout bien,
Ce point-là n'est pas discutable,
Donne le droit et le moyen
De prendre sa part à la table.
Pour celui qui ne produit rien,
Le droit de vivre est contestable ;
Car il consomme bel et bien
Sur le produit de son semblable.

PRIX : **35** CENTIMES

LYON,

IMPRIMERIE DE Vᵉ LÉPAGNEZ ET FILS,

PETITE RUE DE CUIRE. 10.

1868

POÈME SOCIAL

LE TRAVAIL

ET

LE MONOPOLE

DIALOGUE

Par **GARNIER** Barthélemy

L'homme en naissant contracte un lien,
Lien sublime et admirable ;
C'est d'être un jour bon citoyen,
Sincère, juste et raisonnable.
La mutualité soutient
Celui que le malheur accable,
Modifiant le tien, le mien
Pour nous si préjudiciable.
Le travail, auteur de tout bien,
Ce point-là n'est pas discutable,
Donne le droit et le moyen
De prendre sa part à la table.
Pour celui qui ne produit rien,
Le droit de vivre est contestable ;
Car il consomme bel et bien
Sur le produit de son semblable.

LYON,

IMPRIMERIE DE Vᵉ LÉPAGNEZ ET FILS,

PETITE RUE DE CUIRE, 10.

—

1868

AVANT-PROPOS

En écrivant cet opuscule, je n'ai certainement pas eu la pensée de faire une œuvre littéraire; je savais fort bien qu'il m'était impossible de traiter convenablement un pareil sujet. J'ai seulement voulu l'indiquer à plus savant et à plus accrédité que moi.

Je brave même en cette circonstance les sarcasmes des crétins et des pédagogues qui, pour empêcher les travailleurs de manifester leurs pensées, ne cessent de leur déclamer ces vers du fameux Boileau :

> Soyez plutôt maçon, si c'est votre métier,
> Ouvrier estimé, dans son art nécessaire,
> Qu'écrivain du commun ou poète vulgaire.

Auxquels je réponds :

> Que vous soyez maçon, si c'est votre métier,
> Soyez aussi poète, instruisez votre frère,
> Combattez les abus, extirpez la misère.

Ils vous réciteront encore ceux-ci du même auteur et du même ouvrage :

> C'est peu qu'en un écrit où les fautes fourmillent,
> Des traits d'esprit semés à chaque instant pétillent.

Auxquels je réponds ainsi :

> C'est peu qu'en un écrit l'érudition fourmille,
> Si le trait de l'esprit tour à tour ne scintille.

Je termine en déclarant que tous les crétins et les pédagogues des temps passés, des temps présents et à venir ont eu et auront toujours un grand intérêt à jeter le ridicule sur nos défauts de langage, produit de l'ignorance dans laquelle ils se sont évertués à nous tenir, pour que nous n'osions élever la voix pour exprimer nos pensées, nos principes et nos aspirations.

Mais nous qui connaissons ces subterfuges, nous devons, bravant les défectuosités de notre langage, nous imposer, sans faiblesse comme sans ostentation, par tous les moyens légaux qui sont en notre pouvoir, de combattre les abus, les préjugés et les privilèges, et affirmer nos principes et nos droits, avec autant de sang-froid et d'aplomb que si nous étions des Cicéron ou des Victor Hugo, bien convaincus que nous sommes que, pour son éducation comme pour son émancipation sociale, le peuple ne peut et ne doit compter que sur lui-même.

Je me fais un devoir d'insérer la lettre suivante
que j'ai reçue d'un de mes amis :

Mon cher Garnier,

La lecture que vous nous avez faite de votre dialogue entre le Travail et le Capital m'a vivement impressionné.

La question que vous soulevez est la grosse question de
notre siècle.

Maintenant que l'Économie sociale nous a ouvert les yeux,
aussi loin que l'histoire nous permet de voir, nous remar-
quons *la Propriété* comme étant le pivot autour duquel s'a-
gitent les hommes.

Dans l'ignorance où ils se trouvent des lois économiques
découvertes seulement de nos jours, on les voit expliquant
tantôt l'anarchie sociale par des symboles, tantôt par des
formules auxquelles ils donnent très improprement le nom
de lois.

Toujours confiante et toujours déchue, l'Humanité conti-
nue de verser son sang à la recherche de ses véritables lois.
Cependant au milieu des tourmentes et des tempêtes, ins-
tinctivement on peut dire : elle progresse. Le sang répandu
n'est pas infécond. Dans le champ qu'il a arrosé germe la
grande émancipatrice : *la Science économique !*

Encore quelque temps, et toute loi qui ne sera point con-
forme à ses indications, sera rayée de nos Codes.

Encore quelque temps, et à la place des mots mystiques
qui ornèrent nos monuments, seront inscrits en gros carac-
tères les aphorismes économiques :

Une journée de travail équivaut à une journée de travail.

Le produit vaut ce qu'il coûte d'efforts et de temps.

Les produits s'échangent contre des produits.

Encore quelque temps, enfin ! et les travailleurs, devenus
par la mutualité propriétaires de leur travail, procéderont
méthodiquement à l'organisation des forces économiques.

L'anarchie de ces forces, source des misères humaines,
cédera à des efforts aussi méritants.

Alors ! et alors seulement, le problème de la Liberté dans
l'Ordre social sera résolu.

Votre essai, mon cher Garnier, précipitera-t-il ce terme ?
Je le crois, et c'est dans cette pensée que je vous prie de re-
cevoir mes sympathies amicales.

LAMBRECHTS.

LE TRAVAIL

ET

LE MONOPOLE

DIALOGUE

Un jour qu'il faisait froid, car c'était en janvier,
Le Travail s'en allait rejoindre l'atelier ;
Du pauvre l'on connaît les fâcheux uniformes :
Il n'était recouvert que de loques informes ;
Un vieux croûton de pain s'abritait sous son bras,
Devant servir de base à ses tristes repas.
Il allait grelottant, le front bas, l'âme émue,
Quand il vit arriver, au détour de la rue,
Un gaillard bien nourri, bien vêtu, bien fourré,
Vers lui se dirigeant au pas accéléré.
Il ne fut pas longtemps avant de le connaître
Aux somptueux habits enveloppant son être ;
Et comme ils se croisaient à l'anguleux contour,
Le Travail se prépare à lui dire bonjour :
Il aurait passé outre en toute autre occurrence ;
C'était par trop matin pour tenir conférence.

Mais le Travail n'a pas toujours l'occasion
De montrer à Plutus sa situation ;
D'ailleurs les maux cuisants le rendant indocile,
Il avait grand besoin de répandre sa bile.

LE TRAVAIL.

Salut, maître et signor ; quel arrêt du destin
Fait que l'on te rencontre en ce lieu si matin ?
Pour des déshérités que le besoin dévore,
Il n'est pas surprenant qu'ils devancent l'aurore ;
Mais pour un matador, morbleu, c'est étonnant
De te voir par la rue avant jour cheminant.
Je ne m'attendais pas de te trouver en ville,
Croyant que tu dormais bien heureux, bien tranquille,
Lorsque l'on a bon lit, bonne table et bon feu.

LE MONOPOLE.

Je vais courir les champs pour me distraire un peu.
A t'entendre parler, on croirait que le riche
Vit aussi sans souci qu'un saint Jean dans sa niche,
Et qu'il est ici-bas dans le parfait bonheur
Sans ennuis, sans chagrins, sans maux et sans douleur.
Détrompe-toi, mon cher, il voit plus d'un jour sombre
Et souvent son soleil est obscurci par l'ombre ;
Souvent sous des dehors pleins de félicité
Il cache dans son cœur l'affreuse anxiété.
Crois-moi, plus d'un mortel qui vit dans l'abondance
Envie ta misère et même ta souffrance.
D'ailleurs tu dois savoir que tout est relatif.

LE TRAVAIL.

Ton proverbe pour moi n'est qu'un palliatif
Inventé par les tiens, pour que jamais l'envie
Ne vienne torturer notre fâcheuse vie,
Et que nous subissions tous les maux d'ici-bas

Sans jamais vous troubler dans vos joyeux ébats.
Ces temps-là ne sont plus où l'on nous disait : souffre,
Pour qu'au dernier moment, en échappant au gouffre,
Dieu te fasse monter dans son saint Paradis
Qu'il créa tout exprès pour les pauvres d'esprits.
L'on ne croit aujourd'hui qu'aux lois de la science,
Et sa clarté partout éclaire l'ignorance.
Mais pourrais-je savoir, sans paraître indiscret,
Des maux que vous souffrez quel en est le sujet ?
Sans doute le remords a soufflé dans vos âmes...

LE MONOPOLE.

Le remords ne sévit que sur les gens infâmes ;
Mais pour les gens de bien, pleins de religion,
Jamais l'affreux remords n'obscurcit l'horizon.
Nous donnons chaque année tant pour la Bienfaisance :
Ce don nous sert d'acquit pour notre conscience,
Et nous vivons en paix, sans crainte, sans soucis,
Sur les petits péchés qu'on peut avoir commis.
Mais il est d'autres points qui sont bien plus sensibles,
Dont les solutions ne sont pas très faciles ;
Nos trésors répandus sur toutes les valeurs
Sont un sujet sans fin de tourments, de terreurs :
Les autrichiens s'en vont, les italiens baissent,
Les romains sont à rien, les mexicains s'affaissent ;
J'ai de grands fonds souscrits sur le crédit foncier
Qui peut suivre de près le crédit mobilier
Où je viens d'éprouver une perte cruelle,
Dont l'affreux contre-coup me trouble la cervelle,
Et tant d'autres valeurs que je ne cite pas
Qui de leur ruine, hélas ! sont peut-être à deux pas.
Peut-on dormir en paix quand on voit que la Bourse
Descend à chaque jour et presque au pas de course,
Et que rien n'apparaît où l'on puisse compter
Que cette déception doive enfin s'arrêter ?

Que nos propriétés ne sont que des chimères,
Qu'on ne peut arracher un sou des locataires,
Quand tous vos débiteurs vous envoient à vau-l'eau?
La fortune, vois-tu, est à son Waterlo.
Crois-moi, je fais un vœu, et mon vœu est sincère,
C'est d'être chiffonnier plutôt que millionnaire;
Je dormirais en paix du moins, je te le dis,
Quand je serais rentré dans mon pauvre taudis,
Et ne m'inquiéterais de hausse ni de baisse :
Je suis assez stoïque pour braver la détresse.
Je sens qu'en mon réduit je serais plus heureux.

LE TRAVAIL.

Je prie le destin qu'il n'exauce tes vœux,
Car tu n'as pas connu les maux et la souffrance.
Tes souhaits sont le fruit de ton inconséquence;
Ton manque de raison et ta cupidité
Sont les fâcheux sujets de ton anxiété.
Garde-toi de jamais maudir ta destinée,
Des mortels d'ici-bas c'est la plus fortunée;
Ne te révolte point contre les coups du sort,
Tu n'as d'autres soucis que ceux de ton trésor;
Tu n'as jamais souffert des émotions de l'âme,
Tu n'as pas vu couler les larmes de ta femme,
Quand ses petits enfants criaient : j'ai froid, j'ai faim,
Le manque d'aliments ayant tari son sein,
Et que pour satisfaire à ce cri légitime,
Sans crédit et sans pain, et pas même un centime,
N'ayant plus rien à mettre au Mont-de-Piété,
Plus que le désespoir et la mendicité !
Mendier quand on a force et intelligence,
C'est pour moi, je l'avoue, la plus grande souffrance;
Car l'aumône, vois-tu, c'est le chancre rongeur
Qui fait que les humains manquent d'âme et de cœur :
Elle est à l'ouvrier plus nuisible qu'utile;

Elle démoralise et rend l'âme servile.
Tandis que le travail enfante dès géants,
L'aumône ne produit que d'affreux fainéants.
Dans ce siècle maudit que chez vous l'on renomme,
Ah! qu'il faut de vertus pour rester honnête homme.
L'aumône est un agent démoralisateur :
Quiconque a mendié n'est plus un travailleur.

LE MONOPOLE.

Tes accents m'ont touché; mais je crois, Dieu merci,
Tu surcharges par trop ce pénible récit,
Et qu'emporté trop loin, ta haute véhémence
Nous montre l'ouvrier au sein de l'indigence.
Je n'accepterai pas telle conclusion.

LE TRAVAIL.

Permets-moi d'achever cette narration.
Quand on vit comme vous au sein de l'abondance,
On est un peu rétif à croire à l'indigence ;
C'est la conviction de l'homme fortuné,
Que quand il dîne bien, tous nous avons dîné.
Vos femmes sont en paix au sein de la famille :
L'hiver dans le salon, l'été sous la charmille ;
Vos enfants bien choyés, bien nourris et coquets
Auront pour les servir et bonnes et laquais,
Et quand ils seront grands, selon leurs aptitudes,
Vous les poussez alors aux sérieuses études,
Devant vous remplacer toujours avec succès,
Aux hautes régions devant avoir accès,
Voués aux grands emplois par leurs droits de naissances
Pour qu'ils aient du savoir au moins les apparences ;
Vous les distribuez à grands frais sans retards
A l'école de St-Cyr ou celle des Beaux-Arts,
Cours de droit, facultés, collèges, séminaires :
Des élus du veau d'or ce sont les pépinières.

Quoique plus d'un d'entre eux en sortira crétin,
N'ayant pu retenir le grec et le latin,
Ils n'en seront pas moins gens de robe ou d'épée,
En droit de prendre part à la grande lippée :
Notaires ou docteurs, avoués, avocats,
Ingénieurs, légistes, officiers ou prélats,
Tous gens qui gagnent plus pendant une journée
Que l'humble producteur en toute son année,
Pressurant chaque jour plus d'un déshérité.
Et vous nommez cela de la légalité !
Il est pour certains faits des expressions fatales :
L'on nomme ces fonctions professions libérales ;
Comme si le beau mot de libéralité
Devait s'assimiler au mot cupidité.
La plus triste pensée dont rien ne me console,
C'est de priver mes fils des bienfaits de l'école :
Avec l'instruction leur sort pourrait changer ;
Mais avant de s'instruire, il faut d'abord manger.
Voués comme leur père aux labeurs, à la peine,
Défrichant les coteaux, ensemençant la plaine,
Au sein de l'atelier brandissant le marteau,
Dirigeant le compas, la lime, le ciseau,
De la nature brute ils tirent des chefs-d'œuvres :
Le monde entier partout fourmille de leurs œuvres ;
Ils transforment la pierre en palais orgueilleux,
Et leurs fiers monuments s'élèvent jusqu'aux cieux.
Or de tous ces trésors terminant la structure,
Modulant en tous sens la rustique nature,
Oui, nouveaux créateurs, tout surgit de leur main,
Et tout cela se fait pour un morceau de pain !
Quand tout est terminé et que le prolétaire
A fait sortir ces biens du centre de la terre,
Du monopole alors en invoquant la loi,
Vous dites : Tous ces biens, ces trésors sont à moi !
Vous faites ce que font les frélons à l'abeille :

Ils s'attribuent le miel qu'elle a cueilli la veille.
Vous ne produisez rien et vous possédez tout ;
Du grand livre des maux, le pauvre en est au bout.

LE MONOPOLE.

Si tu veux qu'avec toi quelques instants je cause,
Laissons là ce sujet et parlons d'autre chose.
Tes principes sociaux me semblent fort douteux,
Je n'ai point de raison de les connaître mieux.
La finance déjà me frappe d'insomnie,
Que viens-tu me parler ici d'économie ;
Mes facultés sont peu subtiles sur ce point,
Pour un réformateur je ne me donne point.

LE TRAVAIL.

Je t'attendais bien là : quand on a tout pour soi,
L'on a peu de raison de s'occuper des autres,
A moins qu'on ait au cœur la vertu des Apôtres.
Ah ! que vous êtes loin d'en posséder la foi !
Vous avez remplacé les grands du moyen-âge,
Sans que le peuple en ait plus de félicité ;
Vous avez de moins qu'eux la grandeur, le courage,
Vous jouez en petit la féodalité.
Le seigneur, on le sait, multipliait la dîme,
Ne savait lire, écrire et encor moins compter ;
Mais vous, vous prenez tout, jusqu'au dernier décime ;
Si vous êtes instruits, c'est pour mieux exploiter.
Souvent pour l'opprimé le seigneur prit les armes,
Et jouait ses beaux jours pour de faibles humains :
Vous savez rester sourds aux sanglots et aux larmes,
Et ruinez sans remords veuves et orphelins.
Combien de fois vit-on notre chevalerie
Se lever vaillamment contre nos ennemis,
Combattre pour l'honneur, leur dame, leur patrie,
Et mourir en héros pour sauver leur pays.

Vous n'éprouvez jamais un noble élan de l'âme,
Jamais vous n'êtes mus d'un généreux transport;
La cote est votre honneur, la Bourse est votre dame;
Votre patrie à vous, c'est votre coffre-fort.
Couards et sans pudeur, sans amour, sans clémence,
Tous nobles sentiments ont disparu chez vous :
A la place du cœur et de la conscience,
Vous avez su placer la pièce de cent sous.
Voilà le vrai portrait des rois de la finance,
Et lorsque du travail vous vous dites l'appui,
Il devrait vous payer de son indifférence,
Car vous n'avez rien fait, jamais rien fait pour lui.

LE MONOPOLE.

Ton langage est acerbe et manque de justice;
Non, je ne comprends pas un tel raisonnement.
Pourtant le monopole te rend plus d'un service,
Et tu le remercies fort cavalièrement.
J'avais presque juré de ne pas te répondre :
A de tels arguments nous devrions être sourds;
Mais je veux essayer même de te confondre
Sur la question sociale où tu reviens toujours.
Je ne conteste pas ton éminent mérite;
Mais quand tu dis que l'or ne saurait t'étayer
Et qu'il n'est au travail qu'un affreux parasite,
Tu t'affectes par trop à le déprécier.
Cet or contre lequel ton sarcasme s'exerce,
N'est-il pas le pivot des travaux et des arts ?
N'est-il pas le moteur de tout notre commerce ?
Sa grande utilité jaillit de toutes parts;
Combattant son crédit, en vain on le gourmande;
De la transaction il fraye le chemin :
C'est lui qui fait la loi de l'offre et la demande,
Lui qui du monde entier tient la balance en main.
Cet argument, je sais, va te sembler étrange;

De glorifier l'or tu n'es jamais d'humeurs :
Tu me diras comment s'opérerait l'échange,
Sans ce représentant de toutes les valeurs.
Eh bien, moi, je dis mieux, — tu vas peut-être en rire, —
C'est l'or qui fait surgir l'abondance au bercail ;
Sans lui le producteur aujourd'hui ne peut vivre :
L'or fut de tous les temps créateur du travail.
De la circulation il est la grande artère,
C'est la source sans fin de la félicité ;
Je te mets au défi de prouver le contraire :
Tes arguments sont vains contre la vérité.
L'or, ce n'est pas un rêve, un songe, une utopie,
Et contre ses vertus l'on a beau se dresser,
Sans lui tout est néant ; il n'est plus d'industrie,
Et rien, non rien ici ne peut le remplacer.

LE TRAVAIL.

Si je n'étais contrit de voir ton égoïsme
Te poussant chaque jour à faire un dieu de l'or,
A mon rire moqueur je donnerais l'essor,
Tant tu es ridicule avec ton fanatisme.
Mais tu m'as défié de remplacer ton dieu,
Ce dieu que nous vomit l'exécrable Pactole
Dont les tiens comme toi font leur sublime idole,
Plus précieux à leur cœur que l'eau, l'air et le feu.
Tout peut le remplacer : le plomb, le fer, l'acier,
La pierre, la fonte, le cuivre, le papier ;
De ces métaux polis, la face est aussi belle.
La valeur de ton dieu n'est que conventionnelle,
Et si jamais la loi lui sortait son appui,
Tu le verrais tomber dans le dernier oubli.
C'en est fait, en deux mots, la question résolue
Ne laisse à ton esprit ni retour, ni bévue.
Tu veux le dernier mot dans la discussion ;
Or, je vais à mon tour te poser la question.

Si ta conclusion est logique, imposante,
Je me croirai vaincu par ta verve puissante.
Tu dis : l'or fait surgir l'abondance au bercail ;
Dis-moi, qui peut ici remplacer le travail ?

LE MONOPOLE.

Ta proposition me prend à l'improviste.

LE TRAVAIL.

Appelle à ton secours plus d'un économiste :
Dameth, Basthia et Jean-Baptiste Say,
Fourrier, Saint-Simon, Comte, Littré, qui sait ?
Ces illustres savants, dans leur sublime thème,
N'ont-ils pu mieux que toi résoudre ce problème ?
Si ce sujet est hors de ta capacîté,
Fais la définition de la propriété.
Je serais satisfait qu'en thèse générale,
Tu résolves du moins cette question sociale.

LE MONOPOLE.

Basthia dans ses écrits l'a très bien formulé,
La fortune est le fruit du travail cumulé.

LE TRAVAIL.

Basthia disait vrai ; sa pensée fut subtile.
Permets-moi cependant d'être son correcteur :
Il devait ajouter : accumulé par mille
    Au profit d'un seul exploiteur.

LE MONOPOLE.

Toujours cé mot, toujours cette épigramme ;
Le mot d'exploitation est la fin de la gamme.
L'on devrait cependant avoir plus de respect
Et sur ces mots choquants être plus circonspect.

LE TRAVAIL.

Depuis plus de trente ans, au travail sans relâche,
Et travail sur travail jour par jour entassé;
Encor quelques années, je mourrai à la tâche,
Et je mourrai plus gueux que quand j'ai commencé.

LE MONOPOLE.

Le grand travail est bien la condition première,
Mais le savoir-compter en est le corollaire.
Je connais bien des gens qui travaillent beaucoup,
Qui ne mettront jamais sou sur un autre sou.
Je pense que tu vis avec économie,
Nous devons viser même à la parcimonie.
Si la femme dépense en prodigalité,
L'on ne peut jamais mettre un denier de côté.
Si je te dis cela, ce n'est pas que je doute
Que de ton droit chemin tu n'as suivi la route;
Tu dois avoir produit pendant trente ans et plus.

LE TRAVAIL.

Si j'avais mon produit, je serais un crésus;
Je n'ai de mon travail que le faible cinquième,
Et dans beaucoup d'états l'on n'a que le dixième.
Le monopole est là : ses griffes d'arpagon
Tirent sur nos produits le tribut du lion;
L'on a beau limiter les frais et les dépenses,
L'on ne peut satisfaire aux strictes exigences.
L'équilibre est rompu, et la production
Ne peut plus balancer les frais de la maison;
Les denrées, les loyers sont chers, et les chômages
D'affreuses déceptions émoussent nos courages.
Jamais un jour, jamais un instant de plaisirs,
Et pourtant comme vous nous avons nos désirs.
Je n'ai mis de côté que six pauvres victimes

Qui ressentent déjà les horreurs des abîmes
Qui s'ouvrent sous les pas de nos infortunés ;
Il aurait mieux valu qu'ils ne fussent pas nés.
Le destin les jetant pauvres sur cette terre,
Ils n'auront d'autre sort que celui de leur père ;
Et comme l'avenir glace mon cœur d'effroi,
Je crains qu'ils soient encor plus malheureux que moi.
Ceux qui m'ont occupé, retirés des affaires,
Vivent dans leur villa quatre fois millionnaires.
Pour moi, quant au travail, j'aurai par trop vieilli,
Je n'aurai pour villa que l'horrible Albigny (1).
Tu viendras me prôner « les riches ont une âme, »
Ce procédé, dis-moi, est-il donc moins qu'infâme ?
Cinquante ans de labeurs pour la société,
Et terminer ses jours par la mendicité !
J'ose appeler cela de la pure infamie,
Un honteux stigmate, reste de barbarie ;
Car si l'on a du cœur, n'osant tendre la main,
Mourir par le suicide ou mourir par la faim,
Voilà l'heureuse fin qu'ici l'on nous réserve.

LE MONOPOLE.

Mais parle un peu plus bas, peut-être on nous observe.

LE TRAVAIL.

Eh que m'importe à moi que je sois observé,
Tout ce que je dis là est mille fois prouvé.
Voilà de ton Basthia la conclusion fameuse.
Cherchant à endormir la classe travailleuse,
En la faisant rêver à la propriété,
Par un travail par vous constamment exploité,
Tous ces fameux Crépins, rapaces et cyniques,

---

(1) Maison de refuge pour les mendiants et les vagabonds.

Prennent parfois des tons doucereux, pathétiques;
C'est pour mieux nous tromper, ces tons mielleux et doux,
Car au fond de vos cœurs vous ne pensez qu'à vous.

LE MONOPOLE.

Ta raison quelque peu s'exalte, s'exaspère,
Ton dernier argument respire la colère. .
Le proverbe dit vrai : le malheur rend ingrat.
Nous te représentons dans les corps de l'Etat;
Nos célèbres discours, pour défendre tes causes,
Devraient nous préserver que contre nous tu glauses.

LE TRAVAIL.

Vous nous représentez, c'est une anomalie
Qui me paraît plaisante et m'amuse beaucoup,
Si pour représentant de la philosophie
On allait désigner l'évêque Dupanloup.
Depuis quatre-vingts ans vous argüez sans cesse :
Le métier d'orateur est un très bon métier;
Du pauvre allégit-il le poids de la détresse?
Pourtant de père en fils on vous entend crier,
Prônant dans vos discours le beau mot de patrie,
Le mot d'ordre public, celui de liberté.
Le peuple généreux à vos soins se confie,
Et vous ne faites rien pour sa prospérité.
Quand il vous a gorgés de trésors, de richesses,
Quand pour vous enrichir il prodigue ses bras, .
Il vous couvre d'honneurs, comptant sur vos promesses,
Mais à ses intérêts vous ne travaillez pas.
Ce n'est pas étonnant, c'est facile à comprendre :
Vos intérêts aux siens sont toujours opposés.
Comment sa bonhomie ose-t-elle prétendre
D'être un jour défendu par d'exploiteurs rusés
Qui, le jour du scrutin, donnent monts et merveille,
Des braves électeurs portant haut l'étendard;

Mais élus, à vos cris feront la sourde oreille,
La question sociale est leur grand cauchemard.
Le travailleur ne doit compter que sur lui-même.

LE MONOPOLE.

Ton langage toujours est mordant ou extrême.

LE TRAVAIL.

Crois-tu donc que mon sang est figé dans mes veines,
Que je ne ressens plus la rougeur de mon front?
Crois-tu que je sois mort aux plaisirs et aux peines,
Et que comme un sans-cœur je digère l'affront?
Tu vas prêchant partout respect à la morale,
Respect à la famille, à la propriété;
Tu traites le travail comme un pauvre vandale,
Et rien de ce qu'il a par toi n'est respecté.
Nous n'avons que nos bras et notre intelligence,
Energie, talent, savoir, et cætera,
Tous ces dons sont pour vous des cornets d'abondance;
Vous luttez à qui mieux nous les gaspillera.
La misère divise et détruit nos familles,
Le cœur me saigne, hélas! lorsque j'y réfléchis;
Puis la faim prostitue nos femmes et nos filles
Aux lâches suborneurs par moi-même enrichis.
Voilà les faits hideux dont mon âme s'insurge,
Et de tes beaux sermons si je me suis blasé,
Je suis las de jouer le mouton de Panurge
Et le bouc-émissaire est victime et lésé.
Je n'ai que trop longtemps écouté tes paroles:
Des travailleurs bénins c'est le plus grand défaut;
Je ris de tes sophismes et de tes hyperboles;
Pour capter mon esprit, c'est des actes qu'il faut.

LE MONOPOLE.

Je ne saurais ouïr plus longtemps ton langage;
Sachons en rester là, ce sera le plus sage.

LE TRAVAIL.

Je veux t'entretenir quelque peu de Proudhon.

LE MONOPOLE.

Ne viens pas me parler de ce sinistre nom.

LE TRAVAIL.

Ma foi, si ce nom-là te donne la panique,
Pour vaincre l'argument, prépare ta réplique.
Je sais et je m'attends à te voir sourciller;
Tu préfères Basthia et Michel Chevalier :
Ces messieurs sont pour vous pleins de sollicitudes
Et vous avez pour eux douces béatitudes;
Mais entre nous, mon cher, à chacun son giron.

LE MONOPOLE.

Que ne railles-tu donc aussi Jules Simon?

LE TRAVAIL.

Contre tous ses écrits je le ferais sans gêne,
Mais à. chercher le bien il se donne la peine ;
C'est un digne champion, un vrai cœur généreux,
Et de le méconnaître il serait malheureux.
C'est un propagateur de l'instruction publique,
Et à ce titre là je lui suis sympathique ;
Mais en faits sociaux, Proudhon seul a dit vrai.

LE MONOPOLE.

Je m'en vais te quitter, déjà le jour paraît.

LE TRAVAIL.

Tu veux en rester là, eh, mon cher, à ton aise;
C'est un fameux moyen de répondre à ma thèse.
Je n'en suis pas surpris : les gens à capitaux

Ne discutent jamais les principes sociaux ;
Ce point d'ailleurs pour eux est hors de compétence ;
Ils n'ont étudié que les lois de finance.
Pourtant tu me disais : Nous vous représentons ;
Tu dois de m'écouter avoir mille raisons :
Ne doit-on plus ouïr les gens qu'on représente ?

LE MONOPOLE.

Si, mais de ton Proudhon la verve est décevante,
C'est un esprit bourru, cauteleux et caustique ;
Ses problèmes basés d'après l'arithmétique,
Ne laissent à l'esprit plus rien pour l'idéal.
Son nom, je te l'avoue, son nom seul me fait mal,
Et je me suis promis que jamais de ma vie
Je ne discuterai ce sinistre génie :
De troubler les humains il se fit un devoir.

LE TRAVAIL.

Je ne te dis pas non, mais c'est ce qu'il faut voir ;
Il n'est pas de saison dans le siècle où nous sommes
Sans les avoir ouïs de condamner les hommes.
Je ne parlerai point de la propriété,
Il est plus d'un sujet qu'il a très bien traité,
Sans que je veuille ici te faire sa louange.
De sa plume sortit la loi d'égal échange,
Duquel vous avez ri en vous moquant de nous,
Disant : les Proudhoniens comme lui sont des fous.
Mais le peuple si bon a tant de patience,
Qu'elle marche de front avec son espérance.
Ce n'est pas que je veuille en ce point t'effrayer ;
Mais, mon cher, rira bien qui rira le dernier.
L'échange, le crédit, les banques populaires,
L'association des forces prolétaires,
Le crédit mutuel sapant les revenus,
Jusqu'à ce grand tribun étaient presque inconnus,

Il fallait bien qu'il vînt précipiter la marche
De nos déshérités dont il a gréé l'arche.
Ce crédit qui par nous déjà mis en action,
Sera le grand levier d'émancipation ;
Tout cela c'est d'un fou, d'un fou comme Socrate,
D'un fou comme Solon, Licurgue et Hippocrate,
Fou comme Galilée et Christophe Collomb,
Bichat, André Vésale, Archimède et Newton,
Fou comme Gutemberg, Platon, Virgile, Homère,
Montesquieu, Diderot, Dolbak, Rousseau, Voltaire,
De ces fous dont l'esprit déblaya le chemin
Par où devait passer un jour le genre humain !
Ces fous furent pour nous des astres de lumière
Dont les noms scintillants illuminent la terre,
Qui parmi les humains tiennent le premier rang.
De ces illustres fous, Proudhon fut le plus grand,
Car lui seul a prouvé d'une façon logique
Que du travail ressort la fortune publique.
Il vous a dit à vous, vous les heureux mortels
Qui placez le veau d'or au front de vos autels,
Il vous a dit : « Songez que l'intérêt commande
De ne pas enserrer trop longtemps la demande ;
En posant les arrêts sur la production,
Vous supprimez d'autant la consommation.
Quand l'offre chaque jour vient heurter votre porte,
Ayant l'horrible faim pour guide et pour escorte,
La faim conseille mal, et c'est être imprudents
De mettre par calcul l'ouvrier sur les dents.
Contre les producteurs, au lieu d'être au qui-vive,
Que n'associez-vous la force productive ;
Vous dormirez en paix au sein de vos châteaux,
Si l'ouvrier reçoit le prix de ses travaux. »
Loin d'écouter la voix de l'homme de génie,
Hélas ! vous avez ri montrant votre incurie ;
Il vous a dit alors : « Riez avec éclat,

Riez bien, mais un jour ma pensée vous tuera. »
Cette pensée chez nous déjà se réalise.
Tu cueilleras bientôt le fruit de ta sottise ;
Il nous a dit à nous : « Pauvres déshérités,
Qui portant tout le poids de nos adversités,
Végétez presque errants sur cette mappemonde,
Vous êtes cependant les nourriciers du monde !
Vous avez tout créé et ne possédez rien.
Groupez donc vos efforts, et par ce seul moyen
Vous aurez tout pour vous : le nombre, la puissance,
La force, le crédit, même l'intelligence ;
En formant le faisceau de mutualité,
Vous arrivez à tout, à la fraternité ! »

LE MONOPOLE.

Je ne puis plus longtemps écouter ta harangue,
Je crois que le démon a délié ta langue.
Si tu n'as pas fini, renvoyons à demain ;
Je vais tout doucement poursuivre mon chemin.
D'ailleurs autour de nous tu vois que l'on circule,
Et de pousser plus loin ce serait ridicule.

LE TRAVAIL.

J'accepte ; mais avant la séparation,
Daigne écouter au moins ma proposition.
Si tu la trouves digne et de quelque importance,
Nous la discuterons dans une autre séance ;
Mais si tu la repousses comme venant d'un sot,
Nous verrons qui des deux aura le dernier mot.
Depuis quatre mille ans ta funeste influence
Pèse sur le travail, grâce à son ignorance ;
Tu as tout absorbé, mais cela va finir.
Voici ce que je t'offre en vue de l'avenir :
L'association de toutes parts se lève,
Pour toi tu n'y vois rien qu'une utopie, un rêve ;

Mais ce rêve, mon cher, va se réaliser,
Et dans quelques années pourra t'en imposer.
Si tu veux accepter ce que je te propose,
La lutte entre nous deux ne peut avoir de cause;
A dater de ce jour, travail et capital
Fonderont à nouveau leur pacte social.
Tu n'as que trop longtemps abusé de tes forces,
Et je suis fatigué de mordre à tes amorces.
C'est moi qui suis l'aîné, c'est moi qui t'ai créé,
Sans moi tu croupirais au néant ignoré ;
Je reconquis mes droits à la suprématie,
Trouve-toi bien heureux qu'à moi je t'associe ;
Car je pourrais, au lieu de t'enrichir toujours,
Me passer, s'il le faut, de ton ruineux concours.
Mais la facilité procurée à l'échange
Fait qu'à t'associer avec moi je m'arrange.
Lorsque de grands travaux devront s'exécuter,
Au lieu que ce soit toi qui vienne m'escompter,
Je déterminerai le taux de ton salaire
Et tu seras traité comme un auxiliaire.
Ma proposition, daignes-tu l'accepter ?

LE MONOPOLE.

Je crois que ton cerveau tend à se détraquer ;
Depuis une heure au moins qu'en ce lieu je t'écoute,
Il est bien temps, ma foi, de poursuivre ma route.
Porte-toi bien, adieu, c'est-à-dire au revoir.

LE TRAVAIL.

Bon voyage, mon cher, et je te dis bonsoir.

LE TRAVAIL *seul, allant rejoindre l'atelier.*

Orgueilleux et pédant, ta sotte impertinence,
Sera récompensée comme ton insolence.
Je veux te voir un jour, accablé de remords,

Offrir à qui mieux mieux tes immenses trésors.
On les regardera comme chose inutile,
Et tu courras en vain la campagne et la ville.
Le monopole alors sera compté pour rien,
Le travail en tous lieux étant l'unique bien.
L'or ne produisant plus à ses propriétaires,
L'on verra chaque jour augmenter les salaires.
Quand ils auront mangé jusqu'à leurs derniers sous,
Ils joindront le travail et feront comme nous.
Pour cela que faut-il? De l'unité sincère :
Puisque nous souffrons tous de la même misère,
Ne saurions-nous tenter un généreux effort,
Pour sauver nos enfants des affreux coups du sort ?
A la sainte unité, le devoir nous convie,
Sous les lois de progrès et de démocratie,
Servons-nous du levier d'association
Pour poser le niveau dans chaque nation.
Que l'humble producteur termine son martyre,
Que de ses droits sacrés il reprenne l'empire;
Que tout se régénère en solidarité
Par le règne d'amour, de paix, de liberté !